KB183467

그리운 엄니

심은석
시집

청어

그리운 엄니

심은석 시집

시인의 말

사십여 년 경찰제복을 벗으니 시원섭섭하고 삶에 대한
상실감이 밀려온다. 바쁘게 살던 일상이 축 늘어져 '이대로
는 안 돼' 하며 새로운 삶에 대한 집착이 필요하다.

『햇살 같은 경찰의 꿈』,『날마다 걷는다』,『오, 내 사랑
목련화』,『사람의 향기를 그리며』,『봄바람 가을 서리』등
그동안 경험이 활자화된 글을 읽는 재미가 좋았다.

그래서 금년 달력의 마지막 장이 떨어지기 전 시집을
내야겠다는 새해 계획했던 소망을 담아 부족한 글, 부끄러
운 시집을 펼쳐본다.

『그리운 엄니』라는 제목을 많이 고민했지만, 전반적으
로 시에 흐르는 따뜻함이 있다. 어린 날의 추억, 엄니에 대
한 그리움, 그것은 채울 수 없는 배고픔이다. 지금까지 살
아가면서 수많은 소재가 다양한 시의 주제가 되었다. 여기
언제나 그 자리 엄마에 대한 그리움을 펼친다.

아직 문학의 언저리에 가보지 못한 미숙함을 재미있게
읽었으면 좋겠다.

내가 나고 자란 공주는 백제의 왕도로 마곡사와 더불어 세계문화유산으로 지정되었다.

유유히 흐르는 금강을 거느린 공산성 성벽은 낮에는 펄럭이는 바람으로, 밤에는 반짝이는 불빛이 아름답다.

박물관에는 무령왕릉 소장품이 생생하다. 계룡산은 갑사, 동학사, 신원사 등 사찰과 여러 이야기를 품고 있다. 마곡사, 태화산, 무성이산, 충청감영, 순교성지 등 세계문화유산과 사람 향기가 물씬 나는 공주를 많이 찾아 주면 참 좋겠다.

이제 한국 문학도 세계로 통하는 길을 찾아 책 속에서 길을 내고 있다고 믿는다.
책을 읽고 쓰는 즐거움을 함께 하고 싶다.

노을이 비껴가는 창가에서
심은석

차례

3부   철들지 마

1부

길이 끝나면

로드킬

대전 논산 32번 국도 4차선
허기진 배를 안고 불빛 따라 달리더니
달리는 차에 무너져 뭉개진 고라니
죽어가는 낙엽만 머리 숙여
온몸으로 사체를 덮어주는 염을 마치니
어디선가 날아든 새 떼의 밥이 되는데
고단했던 한 생명이 바치는 마지막 헌신
빛은 생명이라고
너를 유혹한 불빛은 가짜였니
영원히 살려면 죽어야 한다고 유혹했니
빛을 따라 살기 위해 죽음에 던져진
허기진 고라니의 주검

빛에 스며드는 세상에 넘치는 가짜뉴스

꿈길

무지개가 피어난 오솔길
푸른 숲이 춤추는 숲속길
별들이 출렁대는 하늘길
구름 위 날아가는 비행길
봄노래 가득한 계룡산 등산길

하지만 나는
엄니 하얀 적삼 나풀대는 꿈길에서
아직 걷고 있다.

유언

나 육신 거름 되어
살던 땅에 뿌리 내리고 줄기 세우고
사시사철 꽃 피우고 열매 맺으며
천년을 지키겠어요

나 죽어 한 줌 먼지로
온기 없는 집 마당에
나무 없는 산과 풀 없는 들에
천년을 살피겠어요

나 죽어 큰 바위 되어
오고 가는 사람들이 앉아서
고단한 세상살이 거쳐간 이야기를
천년을 전해줄래요

물

물도 울고 웃는다
물도 분노하고 소리친다
물도 춤추고 노래한다
물은 자신을 버려 만물의 이름을 짓는다
물은 외롭다고 서로가 부둥켜 흐른다.
물은 공기와 피와 모여 생명을 만든다
물이 깨끗하면 예쁘고 더러우면 아프다
물같이 살면 유토피아
물이 흘러 낙원에 이른다.
물이 가고 머무는 법치
물은 세상의 근본, 생명의 근원
수 많은 별에서
아직 한 방울 물도 찾지 못했다.
이 세상에 가득한 착한 물은
하나님이 주신 가장 아름다운 선물
물같이 살아야지요.

메멘토 모리

세월호
차오르는 바닷물에서 마지막 문자
엄마 사랑해 잘못한 것 다 용서해

대구 지하철
타오르는 불구덩이에서 마지막 문자
아빠 사랑해 미워했던 거 다 용서해

용산 이태원
질식하는 돌덩이에서 마지막 문자
언니 사랑해 나 먼저 죽는 것 다 용서해

화성 전지공장
폭발하는 섬광에 쓰러지며 마지막 문자
라오스에서 기다리는 딸아 부디 행복해

오송 지하차도 침수
서해 위도 페리호 침몰
화성 씨랜드 화재
경주 리조트 붕괴
성수대교, 삼풍 백화점 붕괴…

메멘토 모리, 죽음은 친구
친구여 어디쯤 가고 있느냐
언제 만날 것이냐

불의 연가

별이 쏟아지는 비단 강가 계룡산 자락
오래 살던 참숯이 활활 타던 날
춤추는 불에 솔방울 던져주면
소나무보다 더 높은 불꽃의 욕심

둥근달을 시샘하여 소금이 뿌려진 성근 별들은
솟구치는 불의 저항
불에 던져진 솔방울은 빛나는 꽃을 피우고

불꽃이 잠들면
한 줌 흩날리는 먼지로 날아가고
죽는다는 것은 어둠의 여행
죽기 전에 불을 만나
세상은 불이라고 말하리
아직도 여기저기 불길이 타오르는 것처럼

솟대

낯선 사람 얼씬대지 마
못된 놈 쳐다보지 마
어둠의 자식들 다가오지 마

솟대를 높이 달아
누구도 범하지 못하라
내 안의 호수
내 가족의 강
내 마을의 바다
나, 가족, 이웃, 마을
삼라만상 함께 지키라

처음에는 모두가 솟대였다

풀꽃 하나

바위틈에 풀씨 하나
물 한방 울, 흙 한 줌 없는 극한의 공포
멀리서 바람 불어와 홀로 날아왔구나
흐드러진 무리에 따뜻하게 살아갈 너는
하나님의 미움 받아 바람에 던져진 거니
거친 들판에 버려졌던 어린 날처럼
세상에 던져진 작은 풀씨 하나는
거친 비 바람에도 뿌리 내리고 줄기 세워
따뜻한 창가에서 나를 바라보았구나
내가 너를 보느냐 네가 나를 보느냐
오래도록 빛나는 꽃이구나

개미

개미는 쉬지 않고 잠도 없고
밤낮 움직인다
일 미리, 일 센티를 달리는
팔 다리는 고단하지만
고작 한 달 운명의 가여운 개미는
쉴 틈이 없다
집을 짓고 양식을 모으고
여왕개미를 섬기고 동료를 지키고
왕국은 질서와 평화 가득한데

지구 사람들의 왕국은
전쟁과 살육 파괴와 만행
사람끼리 저지르는 죄악
기아와 빈곤에 죽어가고
탄압과 공포에 병들고

모두 함께 질서와 평화로운 개미 왕국 앞에서
한없이 부끄러웠다.

털신

계룡산 자락 신도시
삼천 세대 공동주택 재활용 수거함에 던져진
주인을 잃어버린 백색의 싱싱한 털신
반세기 전 추운 날
얼어버린 검은 고무신이 미워서
꿈속에도 갖고 싶었던 하얀 털신이
엄니의 한 달 품삯에 팔려 내 발을 찾아 왔는데
혹여 흙 묻어 상할까 보자기에 고이 싸서
초등학교 문 앞에서만 신어보던 하얀 친구가
오늘은 쓰레기통에 쓸쓸히 죽어 있다.

네가 일찍 나에게 왔다면
내가 일찍 너를 만났다면
오래오래 호강했을 하얀 털신
고단했던 어린 날의 좋은 친구는
세상을 잘못 만났다

세상을 잘못 만난 것이 너뿐이더냐

성냥개비

반세기 전
세 사람이 모여야 성냥 한 개비
불을 나누던 때
시댁 불씨 지키는 것이 고단한 시집살이
성냥이 최고 선물 성냥공장이 최고 부자
한때 세상의 근본이라는
불의 탄생으로 문명이 열렸고
연탄 한 장 뜨거운 사랑 그리워

불같이 살다 가야지
불같이 타올라야지
불같이 사랑해야지
불같은 세월
불같은 분노
불같은 사랑

불같이 일어나 불같이 사라지던 성냥 한 개비
모두가 불같이 사라졌구나

폭우

어제도
오늘도
내일도 비가 내린다

새벽도
지금도
밤에도 비가 내린다

물이 뜨거운 온실에 갇혀
지구에서 도망가지 못하고 떨어지는 것처럼
사람이 흘리는 눈물, 콧물, 핏물도
더 이상 버틸 수 없을 때
너무 무거워 떨어지는 것이다

지구에 내리는 빗물은
탐욕스런 인간에게 무거운 짐을 던지라는
하느님의 눈물이다

몽골

흰 구름은 들었으리라
몽골 너른 초원 위에
팔백년 전 징기스 칸이 쌍칼을 세운
말발굽소리를

흰 구름은 보았으리라
야생초원의 말 울음
야크의 질주 소 떼의 파도
사람들의 함성을

흰 구름은 만났으리라
눈이 부시게 푸른 창공에서
솟구치는 태양같은 하나님의 손길을

흰 구름은 알았으리라
한강의 기적처럼
대한 남녀 몽골의 고도에서
대 몽골 아득함을 호령하는
코리안 드림 대한의 꿈을

고비사막으로 내달리던
우랄 알타이어 한민족과 한 핏줄
몽고반점으로 하나된 우정을

사노라면

바람부는 비단강가 언덕에
하얀집을 곱게 지었으니
흘러가는 구름과 달려보고
춤추는 물결에 풍덩대고
은빛 반짝이는 금모래에 걷고
앞산에 해뜨면 푸른 잔칫상
뒷산에 해지면 보랏빛 꽃침대
산처럼 말없이 물처럼 흐르며
산다는 것은 빛나는 아침입니다

무관심

들소 떼 수천이
숫사자 한 마리가 무서워 달아난다
반토막 등치의 사자가
한 마리 들소의 목덜미를 물어 쓰러뜨릴 때
수천 중에 서너 마리도
한 마리 사자를 막을 수 있지만
한 마리 사자가 달려오면
저만 살려고 달아나
잡힌 동료의 불운을 쳐다보며
살아 있음에 만족한다

인류의 비극은
거친 아우성이 아니라 고요한 침묵
나와 상관없다는 무관심
거친 비바람이 세상에 몰아쳐도
비겁한 신포도 아래 우산 속에서 침묵하는 것이
소름 돋는 비극이다

길이 끝나면

바람도 쉬어가며
구름도 손짓하는
진도 해변가에
시에 그린* 죽림산방
시, 화, 석 예술의 혼
여귀산 맑은 물로 흐르고

먼 날
내 여행 끝나는 갈림길에서
사뿐히 내어주는 샛길
길이 끝나면 다시 시작되는
시에 그린 남도 가락처럼
구불구불 구성진 그 길이여

* 시에 그린은 진도에 폐교를 개조하여 만든 시 그림 박물관이다.

늙은이

팽목항에 이어진 백여가 어촌
할멈 사이 간간이 할범이 보이고
허리 휘고 등이 굽어
날마다 마을회관 모여
입씨름 잘났다고
장기 자랑하는데
노선여
노추여
노동여
노산여

저마다의 색깔로 그림을 그리지만
남아있는 시간이 희미하여
어차피 피할 수 없는 운명

노선으로 살다 가야지

일 초

일 초의 순간이 생사를 가른다
일 초의 간격이 운명을 만든다
일 초의 생각이 사람을 바꾼다
매 순간은 일 초
매 운명은 일 초
매 생존도 일 초
찰나를 칠십오 번 하면 일 초
일 초만 멈추자
일 초만 떠나자
갈림길에서 일 초만 망설이면
지구를 일곱 바퀴 돌고 온 빛을 만나
빛은 생명이라 살 수 있단다

삼천육백 초가 만든 한 시간은
하늘이 열리는 까마득한 시간
시간은 금이라 해도 바꿀 수 없다

선남선녀

둘이 마주 보고 방긋 웃어
바람이 불고 구름을 몰고 와
비를 뿌릴 것이고
풀씨에 생명 주어
꽃피고 열매 맺으니
누구나 가장 빛나는 때가
어디인지 언제인지 모르고
거기까지 달려갔니

한 번뿐인 여행을 떠났다면
너희 세상이 전부라 욕심 말고
앞만 보고 달리지 말고
동행한 사람들의 발길 따라
가끔 뒤에 오는 사람들 바라보며
한 걸음 천천히 함께 가겠니

쇼맨십

날마다 배달되는 죽음의 문자
카톡 카톡 그가 방금 죽었다고 울어대지만
가슴 속 뼈저린 슬픔 없고
습관처럼 애도의 문자 보내고
늙어가는 나도 허송세월에 허전함과 두려움 밀려와
내 육신이 화장장에서 피어나 가루로
강물에 뿌려질 때
한 생명이 떠난 텅 빈 세상
남의 죽음도 언젠가 나에게 닥칠 운명

카톡 카톡 여기저기서 이리 오라 하지만
오늘도 난 그냥 가던 길을 또 걷는다

우(牛)시장

오일장 소 울음이 새벽을 깨우고
삼남의 온갖 이야기를 아는 소 장수에
코를 잡히고 세상과 이별하는 음메 소리
늙은 눈망울에 비 내리던 날
마지막 이 땅의 안식처
기골 장대 천왕문을 지나면 도축장
운명을 받드는 구슬픈 소 울음

한평생 외롭고 고단하게
온몸으로 사람을 섬겼지만
사십 고개 험한 골짜기에 빠져 죽은
천재 화가 이중섭이 그린 소처럼
마지막 사람을 따르는
우직한 눈물이 비처럼 내린다

삼행시 놀이

심청이처럼 착할까
은은히 멋스러운 남자
석양에 지는 그 모습

심심하지 않게 좋은 친구
은근슬쩍 남자 같이 느껴지고
석정이라도 나누어 볼거나

심하다 심해 욕심이 많기는
은수저 원해 금수저 원해
석양 떨어지면 어두워 못 보지

심심해 그러니 좋은 친구
은반지 끼워 주랴 금반지 주랴
석별하게 되면 돌려주겠지

심술부리기 없기
은근슬쩍 넘어가기 없기
석면 폐기물 몰래 버리지 말기

심심풀이 땅콩 아니지
은은한 빛깔로 그대로인데
석양빛처럼 빛나기도 하네

심란하게 이런 말 해서
은쟁반에 청포도 따지 못해도
석별의 시간에는 깨끗하게 비우기

심도 있게 생각해 봐
은근슬쩍 딴짓 말고
석양처럼 빛나는 시 떠올리고

심은석, 너 잘났어. 정말.

용서

태평양의 이야기를 전하려
태풍이라는 바람으로 몰려와
구름을 밀어 싸움을 시키더니
천둥은 먹구름에서 달려오고
여귀산 자락 진도 앞 팽목항은
울부짖는 비바람에 춤을 춘다

하늘과 땅을 뒤집는 번개는
사람들의 탐욕을 용서하지 않겠다고
무섭게 호통치는데
오십억 나이 지구는
지금 이 순간 세상을 향한 경고

하늘을 찌르는 과학 문명이 저지르는
전쟁과 살육, 파괴와 불의를 꾸짖으며
알 수 없는 폭우, 태풍, 폭염, 혹한 끝없는 재난
하나님이 노하셨다

아기

온 세상 떠나갈 듯
우렁찬 울음으로
까만 눈동자 세상을 처음 보니
가장 빛나는 꽃피어
세상은 아름답고 깨끗하구나

엉금엉금
불끈불끈
무럭무럭
세상을 다 가진 지금
벅찬 기쁨 가득하니
지상에서 왕이로다, 황제로구나

노란 리본

팽목항 노란 리본이
세월호 추모공원에 날리고
관물도 붉은해가
진도항 등대에 안긴다

기울어진 세월호
차오르는 물살에
마지막 문자
엄마 사랑해

지금은 잔잔한 진도바다는
세월호 악몽에서 깨어나
인간의 탐욕을 꾸짖고 있다

부디 사랑하라
부디 정직하라
부디 용서하라

진도대교

낯선 이를 지키는 진돗개가 앉아 있는
옛 전라 우수영을 가르는 진도대교는
뜨는 해에 눈 부시고
지는 해에 고단하고
정유년 그날 명량처럼
백로 한 마리가 안개처럼 내려앉아
피로 물들어 피섬 노송에 둥지를 만들고
왜적의 고통스런 비명을 날마다 들으며
울돌목 힘찬 노래에 춤을 추며
서해로 달아나는 바닷길을 지킨다

워낭소리

사십 년을 뒹굴고
보듬고 안았던 사십 살 늙은 소
우시장에 팔러 나간 팔십 늙은이

두세 살 암소값의
반도 안 되는 늙은 소 눈망울이 서러워
고삐를 차마 놓지 못하고 돌아와
코뚜레로 묶었던 멍에를 떼어냈더니
스멀대며 찾아온 죽음의 그림자
반평생 함께했던 늙은 소 친구의 죽음에 안겨
노인은 자책의 눈물 흘리고

명절에만 전화하던 철없는 아들 며느리
늙은 소 죽기 전에 팔라는 성화에 흔들렸는데
못다 한 음메, 고맙다고 도살장에 안 보내서
흐느끼는 음메 사십 년 섬겼던 친구의 품에 안겨
다음 세상으로 떠났다

먼저 가거라 곧 만날 거라고

운명

흐드러진 친구들과
곧게 줄기 세워 꽃 피울 너에게
멀리서 이름 없는 바람에 실려
풀 한 포기 물 한 방울 없는
바위틈에 던져진 작은 풀씨의 몸부림

나도 옛날 아기라고 불리며
고단한 세상에 던져진 것처럼
운명은 팔자라고
저명한 경제학자는
삼라만상은 제로섬게임이라 말했지
어두운 밤에 주어진 소명을 다하려
굴곡진 좁은 길을 달리던
젊은이가 교통사고로 죽었다는 뉴스

울지마라 사람들아
하나님은 다 알고 계신다.

높은 분들

낯선 관청에 작은 일 있어
차 타고 방문했는데
주차장 뱅뱅 돌다 빈자리에 들어서니
멀리서 공무원이 빛의 속도로 달려와
딴 데로 가라고 고함친다

높으신 분 지정석
민원을 그리 빨리하기보다
어디서 왔냐고 호통치는데
이미 출근 공무원이 점령한 주차장
민원인은 걸어오지 어딜?
높다란 건물 시원한 방에서 무얼 하시는지
높은 분 주차 자리 지키고
높고 높은 분 의자 만드는 공공 서비스
국민을 위해 정성을 다한 서비스라고 입을 맞추지
빙빙 돌다 쫓겨 나온 날
어디 감히 높은 분 자리에 얼쩡대냐고
귀가 먹먹한 하루

2부

남아있는 날

땅거지

이 나라 노인은
세계에서 가장 가난하여 사 할이 빈곤하다고
수천 평 전답, 빈 상가, 노후 아파트는 많아
재산세, 종부세, 종소세, 건강 보험
세금은 많은데 돈은 없고
땅은 거짓 없다는 오랜 학습이
땅은 많지만 돈은 없고
고도성장은 끝났는데 언젠가 오겠지
땅거지면 어때 아들 딸 부자되면 되지

빈 상가 관리비 벌려고
날마다 폐지 줍는 할머니
명절에만 찾아오는 아들 며느리
곱사등인 땅거지 같은 엄니 앞에서
더럽다며 짜증 내는데

이별

와인잔을 떨어뜨려 쨍그렁
바짝 깨지면서 나를 노려보는데
산산이 부서진 몸뚱이는
잘못한 내 손마디에 상처를 내고
다시 만날 수 없는 가슴은 먹먹해
부수고 깨뜨리며 거칠게 살아온 지난날
억세게 고함치며 살면서
이웃에게 준 많은 상처

내가 땅에 묻히는 날
누가 울려나
내 육신이 먼지로 흩날릴 때
누가 알려나

빗물은 눈물

빗물이 내려 물에 잠긴 집은
눈물 흘리는 집이다
날마다 비 오는 날은
날마다 눈물이 흥건한 날이다
땅이 아프다는 빗물은
내가 아프다는 눈물
지구의 칠 할은 물인데
물이 화나면
한 번 우는 것으로 끝나지 않는다

꽃

풀은 꽃을 위해
한 방울 물기도 짜내고
가문 날 바삭대는 돌 틈에도
꽃 피우려 몸부림치고
홀로 핀 꽃은
자세히 보고 오래 보는 착한 사람들로
혼자 피어도 외롭지 않다

억새 갈대는 바람의 꽃이라
향기 없이 바람만 있고
해바라기는 태양의 꽃이라
빛이 없이 그저 모양만 있고

나는 어떤 꽃을 피울까
가득한 꽃잎, 가는 잎순, 솟구치는 봉우리 모양으로
무지개색, 노랑, 보라, 빨강 색깔로
라일락향, 핑크향, 민트향, 자스민향 천리가는 향기로
산과 들에 흐드러진 풀꽃 가득한데

어떤 모양 색깔과 향기로 피울지
나는 아직 꽃 이름도 정하지 못했다

남아있는 날

환갑잔치가 사라진 마을에
동갑 여행이 찾아와
목적지까지 끝없는 말 잔치
남아있는 날을 두고 잘난 입씨름
아껴 쓰면 이십 년
대충 쓰면 십 년
아차 하면 오 년
잘못하면 순간

푸른 잎도 낙엽이 되고
빛나는 꽃도 지고
살아있는 것은 모두 사라지니
지금 여기는
어제 죽은 이웃집 노인이
그토록 갈망했던 오늘인데

지금 여기
노래하고 춤추고 영생에 대한 몸부림에
고속도로 달리는 버스는 출렁출렁 들썩인다

아무거나

아무거나 먹지요
아무거나 주세요
아무거나 말해요
아무거나 싫어해요
아무거나 좋아해요
아무거나 일하지요
이래도 좋아 저래도 좋아
잘 산다는 것은 아무거나
아무렇게나 아무일이나 아무하고나
그저 있는 듯 없는 듯
물 흐르듯이 그림자처럼 사는 것이지요

법(法) 없이도 사는 사람이래요

왜(?)

왜 그럴까
마른 계곡에 소나기 퍼붓더니
세찬 폭포수로 쏟아지는데
물길 따라 늘어선 바위
수억 년을 살았다

왜 그럴까
듬성듬성 죽은 삭쟁이 아래
푸른 새순이 자라는데
죽은 나무를 양식으로
다시 일어서는 생명
수만 년을 살았다

왜 그럴까
그렇게 불나던 전화기 꺼져 버린 날
세상은 그대로 있는데
아직도 꿈속을 걷는다.

어디서 와서 어디로 가는지
새벽꿈에서 깨어 하늘을 보니
떠오르는 햇살이 내려주신 말씀은
모두가 하나님이 주신 선물이란다.

가벼운 사람

지상에는 무거운
바윗덩이 가득하기에
묵직한 사람보다 새털같이 떠다니는
가벼운 사람이 좋다

실없이 웃고 먼저 말을 걸고
한밤중에 악다구니 전화질에도
모두 참아주며 작은 숨소리만 들려주는
가벼운 사람이 좋다

이리저리 잔머리 굴리지 않고
투박하고 매끄러운 질그릇같이
꾸밈없이 가벼운 사람이면
먼저 다가가고
먼저 손 내밀고
먼저 전화하고
먼저 사과하고
먼저 사랑한다 말하고 싶다

그러면 언젠가 하늘나라 여행길도
가볍게 날 수 있겠다

씨는 시

낯선 바람에 실려
물 한 방울 흙 한 줌 없는 바위틈에
홀로 던져진 풀꽃 씨앗은
비바람 몰아치고 황량한 들판에
던져진 어린 나
바람과 비에 젖으며
잎새 살포시 세우던 날
따뜻한 창문 곁에 방긋 웃어주던
씨가 자라난 꽃 한 송이는
첫 키스보다 달콤한 새벽을 낳고
햇살처럼 흩날리던 꽃씨를 낳고
세상속으로 날아간 씨는 멋진 시를 낳고
그래
내가 낳은 시는 잘 살 거야

씨는 시
씨 속에 들어있던 세상, 산과 들, 비바람, 첫사랑, 햇살
다 시라고 할거야

한번

바람도 쉬어가는 비단강 언덕에
비단실로 지은 하얀 집에서
강물과 노는 구름과 달려보고
춤추는 물결따라 걸어보고
은빛 반짝이는 모래에 안겨보고
앞산에 해 뜨면 빛나는 잔칫상 받고
뒷산에 해 지면 황금빛 꽃 침대 누워
산처럼 말없이 물처럼 흘러가야지

아침은 하루 한 번
봄은 일 년 한 번
사는 것은 딱 한 번
죽는 것도 딱 한 번
오직 딱 한 번 주신
하나님의 선물입니다.

언제나 오시나

오래된 시골 사랑채를 허물던 날
배가 볼록한 아이와 깡마른 엄니가 손잡은 빛바랜 사진과
이가 빠진 텅 빈 막사발 밥그릇이 찾아왔다
산비탈 절개지 흔들리던 초가집에도
가끔 먹었던 달콤했던 저녁밥
아이 막사발에 산처럼 높았던 고봉밥이 무너지면
엄니는 재빨리 당신 밥을 얹어주며 냉수만 마시고
냴름 먹어 치우고 엄니를 쳐다보면
또 얹어주던 볼록한 사발
당신은 텅 비워가는데 아이는 터지도록 채워
배만 볼록했던 다섯 살 아이는
이제 배불뚝이 어른이 되었고
주린 배를 움켜쥐고 온종일 밭일하시던
엄니의 제사상에는
행여나 오시나 언제나 고봉밥이다

살아야지

달과 별이 합창하는 산골 외딴집에
소똥 화덕에 사람 냄새 가득한 단칸방에도
구들장 장작불에 아랫목 이글대면
늙으신 할멈이 먼저 눕고
아범 옆에 아이가 엎어지고
덜컹대는 들창에 얼어버린 엄니
긴 겨울밤
화롯불도 죽고 구들장도 식고
살을 에는 한기에 부둥켜 안은 일곱 식구는
손님처럼 찾아온 아침햇살에 이끌려
솜이불처럼 아지랑이 스멀대는 들판으로
다시 걸어 나간다

눈사람

산자락 개울가에 함박눈이 모여
숯덩이와 솔잎으로 온몸을 치장하고
햇살이 비치면 눈물 흘리다
저물면 겨울잠을 자고
세찬 눈발에도 당당하건만
조금씩 무너지는 속살의 심장소리에
언젠가 사라짐이
두렵고 무섭구나

부서지는 목덜미를 세우며
고단하게 서 있는 기다림이 예뻐서
모두가 나를 사람이라 불렀는데
산과 들에 빛나는 봄꽃을 보지 못하고
서 있던 그 자리는 물로 허물어져
그냥 흘러가니
두렵고 무섭구나

그림

풀숲에서 보랏빛 나팔꽃이 활짝 웃고
바위 틈에서 붉은빛 봉숭화가 춤을 추고
형형 색색 나비는 짝을 찾아 날아다니고
꿀벌, 호박벌, 잎벌 윙윙대며 꿀을 찾고
나뭇잎은 시원한 집을 짓고
물소리는 멀리 달아납니다

제발 파세요
부르는 것이 값이라도
제가 삽니다

죽어 보았니

언제든 어디서든
내 곁에 서성이는 너는
친구냐 원수냐
검은 옷 입고 서성인다 하던데
내 눈에는 보이지 않고
내가 걸어가는 이 여행의 종점에서
떡 하니 기다릴 것이냐

그때 안 돼 안 돼 도망가는 나는
비루한 것이냐
욕심인 것이냐

시래기

무서리가 내리는 새벽
무우청 입었던 옷을 탈탈 털고
주인집 처마 끝에 천형처럼 매달려
얼었다 녹으며 몸의 물기가 마를 때까지
긴 겨울밤을 견뎌야 했어요

새봄이 오면
소시민의 밥상에 시래기국밥
탕 무침 밥이 되는 착한 무우청
쓰레기라고 천대받던 시래기는 몸 바쳐 섬기니
십자가에 매달려 사랑을 실천하신
예수님의 선물입니다

인력시장

눈썹 같은 섣달그믐
구로역 4번 출구 새벽 4시 인력시장에
덜컹대는 봉고차를 기다리는 늙은 미장이
9인승에 새 떼처럼 내려앉은 스무 명
나이 순서의 짐칸에
경로석은 없다

칼날 같은 그믐달이 내려온 텅 빈 도심
야바위꾼에 털린 새벽처럼
허탕 치고 돌아선 늙은이의 창자는 뒤틀려
24시 해장국집 덜컹대는 문을 열고
수세미 같은 손마디는 주머니 깊숙이
꼬깃한 배춧잎 한 장 주물럭댄다

눈이 녹고 봄이 오면
칠순 노인도 태울 수 있다고
차가운 눈매의 막일 십장이
립서비스로 내뱉은 고함소리가
개처럼 짖어대는 거리를 걷는다

아내요

고왔던 첫사랑 가슴에 묻고
서른 몇 해 고단하게 살아온
엄니도 딸내미도 아니고
부부는 촌수 없는 한마음 한 몸이라는데
제대로 알지 못하고 지나온 주름은
님 하나에 점 하나 찍으면 남이라고
찍었다기 지우기를 수십 번
이 무슨 원수 같은 님이라고
고비마다 실낱같은 질긴 의리로 이어왔건만
어젯밤 삼시세끼 백수의 무시당한 하루를 퍼부었더니
휑하니 떠나버린 여자

늙은이 황혼 이혼 소식 들릴 때마다
가짜 뉴스라며 세상을 모르는 꼰대 남자는
동네 어귀에서 바람 불면
고개를 쑥 빼고 혹시나 쳐다본다
이젠 열정도 향기도 다 사라져
무덤덤한 일상의 텅 빈 아침
하루도 못 견디는 기다림이 삽질처럼 밀려와
남자는 흙 묻는 장화를 신고 들판에 선다.

속으로 삼키는 말, 아내여 돌아오소

덤

헛되고 헛되다
어영부영 내 이럴 줄 알았다
오직 아는 것은 모른다는 것이다

나는 마지막 날 무슨 말을 남기지
잠자듯이 떠나면 좋은데
힘겹게 바둥대며 떠나는 사람이 전부인데
욕심은 많아 절대 안 갈 거 같은데
건강검진 문진표에 남겨진 시간은
잘만 쓰면 이십 년
아껴 쓰면 십 년
대충 쓰면 오 년
포기하면 하루
멋대로 남아있는 시간

어디로 가지 언제 가지
갈팡질팡 망설이다 오늘도 떠났고
하나님은 다행히 빙그레 웃으시네

흰 구름

흰 구름이
태풍이 만든 바람에 실려
동네 앞산 자락에 불려 왔다
흰 돛을 달고
파란 대양으로 항해한다며
그 자리에 빙빙 돌고 도는데
나침반이 있느냐 없느냐
화선지에 먹물 번지듯 구름 가득한 날
메마른 대지에 비를 뿌리고
구름이 사라지면 파란 하늘 높아져

카멜레온 같은 구름아
어디서 와서 어디로 갔느냐
너도 생각이 많구나

착각

민들레가 울고 있는 것이냐
내가 울고 있는 것이냐

새들이 울고 있는 것이냐
내가 울고 있는 것이냐

푸른 나무가 춤을 추는 것이냐
내가 춤추고 있는 것이냐

매미

무더운 날 매미가
온몸을 흔들며
네발 끝에서 목덜미까지
죽을힘을 다해 운다

생명의 물기가 마르기 전
세상에 머물다간 흔적을 남기려고
저리 슬프고 가련하게 짝을 찾아
밤과 낮을 쉬지 않고 운다

이백일을 물속에서 살다
한달살이 매미가
세상에 던지는 불꽃 같은 절규
쉬지 말라고 간절하라고 포기 말라고

내가 너처럼 간절했다면
내가 너처럼 참아냈다면
내가 너처럼 끝까지 갔다면

봉선화 연정

시골집 앞뜰
봉선화 잔칫상에 초대된 날
강렬한 태양이 던져준 빛 따라
대지는 눈을 뜨고 새들이 떠들고
봉선화 가족은 화려한 옷 입고
잔치를 벌이고 있다

본래 너의 생일상이냐 나의 생일상이냐
손님은 나뿐인데 고맙고 고마워

사람이 입으로만 살 수 없듯이
너도 꽃으로만 살 수 없고
너 벙긋 웃으면 쏟아지는 향기
멀리서 날아드는 벌과 나비
부디 피안의 세상에서는
오래도록 피어있는 꽃으로 살거라

해우소

새벽 화장실에 앉으면
구불거리는 창자, 대장으로
내 몸 가득 응어리를 쏟아내는
쾌변의 기쁨이 아침을 만든다

입에서 식도를 타고
먹기 위해 산 것은 아닌데
제사처럼 모시는 경건한 의식
입에서부터 전해진 수많은 사연이
탐욕의 돌덩이 되어
온몸을 꾸짖으며 도착했다

다 버리면 복되고 내려놓으면 좋다는데
몸 하나 수많은 생명이 힘을 내어
육조 개의 세포를 깨우고
육만 키로 작은 혈관을 따라
몸과 영혼이 함께 만든 살아 있는 우주

세상보다 존귀한 생명의 우주여
자 일어나 다시 나가자

늙은 아들과 엄니

안개 낀 강가에서 어미 백로가
뒤뚱대는 새끼 백로에게 먹이 주는
일간신문 봄 소식 전면 사진 아래
슬픈 가십 뉴스 있었다

-칠순 할범이 찾는
구순 치매 엄니 변사 뉴스-

살아온 날과 살았던 추억을
까마득히 잃어버린 엄니는
외딴집 기울어진 처마에 병원은 멀고
늙은 아들 고단한 살림살이
들판 가득 꽃피면 아기처럼 홀리고
석양 노을빛에 처녀처럼 빠지는
위험과 죽음의 간격도 모르는 세 살배기 노인
너무 먼 곳까지 가셨나
어디서요 언제 오셔요 이제 돌아오세요
늙은 아들이 간절히 찾아 헤맸지만
들꽃 다발을 안은 싸늘한 몸을
찾았다고 며칠 후 배달된 뉴스

봄이여

사춘기 열 살 쟁기는
푸른 치맛자락을 두른 땅을 갈라
아지랑이 길을 내는데
빨갛게 드러나는 땅의 신음
그 속에 숨어 있던 지렁이 개구리가
선혈처럼 튀어나오고
겨우내 잠든 땅의 주인을 깨우는 구성진 노래
잔치를 알리는 먼 마을의 종소리에
수줍은 봄이 사뿐사뿐 다가오며
생명의 씨 뿌려 달라고
가랭이를 활짝 열고 누워버렸네

게르의 밤

몽골 테르국립공원
유목민의 임시 막사
별이 반짝이는 은하수
수억 광년을 날아온 생명은
이곳에서 시작되었다

별이 떨어진다
한 생명이 떨어진다

편지

저문 강에 발을 씻고
지는 해처럼 누워
보고 싶은 사람 달빛으로 내렸고
빛으로 쓴 편지
그곳에도 달이 밝은지 별이 빛나는지
그곳에도 바람이 부는지 나무가 춤추는지
그곳에도 하얀 종이 있는지 앙증맞은 연필이 있는지
그곳에도 풀벌레 연주 소쩍새가 우는지
아, 이것이 행복

울고 싶다

무더운 날
발끝 목덜미 온몸을 흔들며
짝을 찾아 우는 매미
세상에 흔적을 남기려
남은 시간이 없다고
삼백일은 알로 한 달은 성충으로
그가 남길 수 있는 세상을 향한 절규

너처럼 절실하여 산산이 부서져
우리 마을 오백 년 느티나무가
너의 노랫소리로 활활 타올랐다

너처럼 울고 싶다고

비밀

믿을 수 없는 것을 믿는 것이 믿음이고
할 수 없는 것을 간절히 갈구하는 것이 소망이고
사랑할 수 없는 것을 사랑하는 것이 사랑
믿는 것은 기적을 만들고
사랑은 행복을 품는다

나만 아는 믿음
나만 아는 소망
나만 아는 사랑
아 모든 것은 일급 비밀

믿음

낯선 동네에서 헤맬 때
나에게 길을 묻는 사람
어디로 가야 할지
나도 처음 가는 길인데
길은 멀고 두려움이 어둠처럼 오는데
무조건 당신 가는 길을 따르겠다며
죽음의 골짜기도 두렵지 않다고
빛은 어둠을 이긴다고

소망하면 믿게 되고
믿으면 기적을 만들고
사랑하면 행복을 만들고
그것이 믿음
그것이 소망

그것이 무조건 사랑

3부

철들지 마

시인

아는데도 알지 못한다는 사람
아픈데도 아프지 않다는 사람
외로운데 외롭지 않다는 사람
두려운데 두렵지 않다는 사람
아는만큼 보이는 사람
웃음보다 건강한 사람
고독보다 홀로인 사람
공포보다 담대한 사람
그는 시인입니다

시는 사람을 살립니다

첫사랑

아침은 만남이다

밤새 잠자던 에너지가
처음으로 세상을 만나고
밤새 숨었던 숨결이
처음으로 세상을 만나고
누구나 똑같은 하루가
처음처럼 세상을 만난다

아침은 첫사랑이다

해남이 남해에게

호남에서 영남으로
전라에서 경상으로
내륙에서 섬으로
다만 억세고
다만 바람이 세차고
다만 내일을 약속할 수 없고
살아온 사람도
살아갈 사람도
다 해남이고 다 남해인데
해남은 남해가 아니고
남해는 해남이 아닌데
자꾸만 내가 진짜라고
내가 진짜 바다 사람이라고
내가 진짜 멋진 사람이라고
해남이 남해에게
남해가 해남에게

처음엔 나에게
나중엔 너에게

왜 왔나요

이 세상에 왜 왔나요
돈 벌러 왔나요
많이 먹으러 왔나요
큰집에 살려고 왔나요
비단옷 입으러 왔나요
사람들 무릎 꿇리러 왔나요
잘난 체 하러 왔나요
가벼운 지식을 자랑하러 왔나요

몰라요
내가 왜 여기 왔는지
그것이 내가 아는 단 하나
나는 아무것도 몰라요
하지만 어둡기 전까지
꼭 알고 싶어요

하얀 거짓말

사랑한다고 말하지 마라

바람도 구름도 햇빛도
그냥 있는 것이다
사랑은 꾸미는 것이 아니다
사랑은 그저 그런 것이다
언제나 그 자리에 있는 것이다
사랑은 주는 것도 받는 것도 아니다
그저 그 자리에 있는 것이다
산과 들과 풀과 나무도
물과 바람 하늘과 구름
다 그대로 사랑이란다

사랑한다고 말하지 마라

저 별 너머

아주 먼 곳에서 빛이 오던 날부터
누가 먼저 나왔는지 뒤에 오는지
저 별 너머 세상 이야기
새들이 노래하고 있다

오일장 새벽 난전
저 멀리 산 넘고 고갯길
봇짐에 가득 채운 세상 이야기에
장사치들 노래하고 있다

오늘은 가까이 다가가
무슨 말인지 들어야지
새 노래는 새들만 알고
사람 노래는 새들이 몰라

나는 사람인 것이 참 좋다

망상

내가 숨을 멈출 때
내 흔적의 죽음을 슬퍼하는 사람도
내가 남긴 글 한 줄 읽겠지
내가 육신만 지상에 남기고
영혼의 캄캄한 들판을 헤맬 때
내가 흘린 눈물과 내가 만든 운명을
가여운 사랑으로 감싸줄 수 있다면
내 향기가 너무나 아름다워
내가 살다 간 작은 마을이
날마다 덩실덩실 춤을 춘다면
죽음의 고통을 짊어진
가여운 영혼이라도
결코 외롭지 않을 거예요

시는

시는 그림인가요
시는 이야기인가요
시는 노래인가요
시는 향기인가요
시는 바람인가요
시는 물인가요
시는 액체인가요 딱딱한가요
시는 공기처럼 날아다니나요
시는 흐르나요 머무르나요

다 맞고 참 옳고요
그림, 이야기, 노래, 향기, 공기, 물, 바람
모두 한 아름 안고
짧고 쉽게 그리면 되어요

여백

그 먼 날 그림은
텅 빈 바탕을 여백으로
주연을 빛내는 조연으로
각박한 세상에 텅 빈 쉼터로
화선지에 번지는 먹물처럼
아득한 흐름으로 간절함을 그렸으니
말하지 않고 말하는
애절한 그리움이 삶이라는 예인들

금강이 몰고 온 안개가 가을을 덮고
가을빛 서러운 꽃무릇의 첫 사랑인가
양귀비꽃보다도 더 붉은 저녁이 지고
고마나루에 기댄 나룻배는
아주 먼 나라에서 온 전령

그림이 가득한 공주 미술관에도 여백이 있네
텅 빈 여백은
버리면 가볍다는 행복한 무소유

걱정

자식 걱정, 가정 걱정,
돈 걱정, 정치 걱정, 안보 걱정
걱정하며 살아온 날
쓸데없는 걱정이
소중한 나를 훔쳤다
내일은 내일
지금 여기는 그저 나
무엇을 먹을지 무엇을 입을지 어디에서 잘지
걱정하지 마라 다 님이 주신다
고통의 근원은 타인일 거야
사람은 고슴도치 가까이 가면 찔리거든

걱정 없이 살아보았으면
그것은 살아있다는 증거
운명은 거스를 수 없으니

다 버려라

보릿고개

봄기운 새싹이 막 움트는데
허물어진 부엌 방 고구마 감자 토광에는
모래 먼지만 가득하고
여덟 식구, 강아지가 둘, 소가 둘, 입이 열두 개
늦은 저녁밥 어이 할거나
지난 가을 흙 묻은 시레기를 솥단지에 여물처럼 붓고
보리 반 되 뿌려 푹 삶아
여덟 식구 빙 둘러 딸그락 대는데
송아지는 음메 기다리고 개들은 멍석 주변 짖어 대는데
입은 똑같이 배고프다고
니들은 들판나가 새싹이라도 후리거라
내일 아침 해는 또 올 거니
긴긴 보릿고개 징글징글한 끼니마다
찌그러진 가마솥이 덩그러이 보고 있네

너는 누구니

개미는 앞선 놈, 위 놈
제 몸보다 큰 짐을 지고 가는 놈이
오미리 몸뚱이가 바삐 기어
어디서 와서, 언제까지 어디로 가는지
그저 앞선 개미 따를 뿐이다

앞선 사람이 뛰면 뒷사람은 날아서
무거운 짐 지고 쓰러지면 짓밟고 달리는데
팔십 킬로 사람은 팔십 년간 고단하다

개미는 사십 일
사람은 이만구천이백 일
살다 죽는 것은 이리저리 왔다가는 것
다시 저기서 누가 달려온다

동반자

우리 한 그루 나무 되어
뜨거운 햇볕 가려주는
시원한 그늘 만들게 하소서

우리 하늘을 나는 새가 되어
이 세상 어둡고 추운 곳에도 날아가
기쁜 소식 전하게 하소서

우리 따뜻한 달빛 되어
잠 못 드는 사람들의 포근한 이불 되게 하고
길잃은 사람들의 믿음 되게 하소서

우리 누구이며 어디로 가는지
끝없는 의문을 스스로 묻고 대답하며
거친 세상의 경쟁자가 아니라
고단한 여행을 동행하며
성심으로 협력하는 동반자 되게 하소서

철들지 마

세 아이가 내지른 묵 찌 바
누가 무엇을 냈는지
진 아이는 졌고 이긴 아이는 이겼다고
지면 어때, 져도 좋아, 이겨도 좋아
아이는 어서 어른이 되고 파
어른은 다시 아이가 되고 싶지만
아이는 어른의 거울이라

어른은 이기고 짓밟지만
아이는 이기거나 져도
빛나는 눈빛이 흔들리지 않으니
세상에서 가장 아름답구나
언제 철 드냐고 어른이 꾸짖지만
절대 철들지 마라

암벽등반

아빠 손을 감싸면 따뜻해요
아빠 손을 잡으면 든든해요
아빠 손을 흔들면 차가 서요
아빠 손을 따르면 산이 와요
아빠 손을 놓치면 무서워요
아빠 손을 잃으면 캄캄해요
꿈속에서도 아빠 손을 꼭 잡아요

법(法)

시냇물 흘러 흘러 어디로 가나
산과 들에 굽이굽이 풀꽃 틈새로
하얀 꽃 노란 꽃잎 봄바람에 실어
저 멀리 세상 끝에 꽃향기 보내네

시냇물 흘러 흘러 바다로 가나
푸른 수평선에 갈매기 날고
부서지는 파도가 밀려오면
저 멀리 사람 향기 고운 꿈 꾸네

산막이 옛길

파란 하늘 내려앉은 호숫가에
구름 한 점 어디론가 달려가더니
백두대간에서 남한강까지 휘돌아
한반도처럼 펼쳤는데
나무숲, 기암괴석, 아, 온통 숲 잔치
여기, 산골짝 숲길
산막이 옛길이구나

어릴 적 고향길
울 엄니 마실길
맑은 날엔 나룻배 물길 따라
비 오면 빗길에 눈 오면 눈길에
추운 겨울 지나 다시 꽃 피고 아, 온통 꽃 잔치
여기, 지상의 꽃길
산막이 옛길이구나

한평생 세간살이 등지게 지고
허리 굽은 울 아비가
먹이 찾는 산새 따라 구비 구비 올라가시고
붉게 물든 산마루에 노을 지면
산 그림자 먼 마을로 돌고 돌아 내려오신 길

맑은 호수에 금빛 이불 차오르면
거기, 산이 눕고 숲이 잠들고
고단한 우리네 쉬어가던 곳
여기, 천상의 산길
산막이 옛길이구나

*   산막이길: 충북 괴산댐에 조성한 왕복 6km의 호숫가 산길임.

편지

산이 불타나요
파란 하늘이 붉은 산에 안겼네요
구름 하나 돛단배처럼 달려가네요
빛나는 별들이 은하수처럼 내려와요
타오르는 달은 바람에 흔들려요
오색으로 수놓은 단풍은 오랜 인연 물들었지요
바람에 날아온 예쁜 낙엽은
내 그리운 편지입니다

너였구나

노을빛 저녁에
오랜 친구가 그리우면
가슴의 응어리를 둥근 쟁반에 각진 수육으로 썰어
수만 리 동구에서 까만 보리와 하얀 눈보라로 날아온
흑맥주를 마신다

비 오는 저녁에
고달픈 사람들이 만나면
시큼한 욕지기가 부러뜨린 포장마차에서
막걸리 사발에 걸쭉한 아줌마가 정겹다

먼동이 타오르는 새벽에
호롱불 심지는 타서 재만 남고
눈물이 만든 한 잔 또 한 잔으로
밤마다 빈 가슴에 술이 흐른다

거기 산이다

산이 외로워
가끔 눈물 흘릴 때면
골짜기 가득한 눈물방울 모여
세찬 폭포로 흐르니
거기 산이 있다

아침 햇살이
길게 자리 편 산등성이
속살에 고루 퍼지면
산새들 노랫소리 울려 퍼지니
거기 산이 있다

산속의 숲 잔치
숲속의 꽃 잔치
봄, 여름, 가을, 겨울
천상의 식탁에는
날마다 잔칫상이니
거기 산이 있다

근원도 없이 불어온 바람처럼
산사람들 외침이 거친 메아리 되어
푸른 숲이 흔들리고
들꽃의 향기에
산이 춤추는데
거기 산이 있다

산 그림자 내려오면
사람도 떠나고
나뭇잎은 고개 숙이고
꽃잎도 스러지면 온 숲이 잠드니
거기 산이 있다

별이 새겨진 하늘에는
달이 누웠는데
내일 오실 손님을 기다리는
아침 밥상 만드는
산짐승의 울음소리가 밤새 가득하니
거기 산이 있다

환생

파란 하늘 올려보는 궁남지 연못에서
어떤 아줌마는 꽃잎으로 모자를 만들고
할멈은 봉우릴 흔들어 벌을 찾는데
백마강 퍼 담은 궁남지는 사비왕궁의 시궁창
삼천궁녀가 낙화하여 연꽃으로 다시 태어났으니
연꽃은 환생하신 부처님 미소

달빛

아내가 입혀주는 비단옷을 보면
옛 초가 창호지를 밤새 사각대던 누에
새벽안개 산기슭 뽕잎을 따며
보랏빛 오디로 배를 채우던 어린 날이 생각난다

좁쌀알이 애벌레로 자라서
평생 먹은 뽕잎을 하얀 실로 집 짓는데
화려한 나비의 고운 꿈 꾸던 애벌레는
비단옷을 입어보지 못하고 번데기로 사라진다

초승달로 태어나 둥근달로 자라듯이
한 달 누에는 비단 만들고 몸은 주니
이 세상에 헌신하는 너는 따뜻한 달빛이다

계산기

어디로 가는지
달리는 사람 속에서
돈, 명예, 권력은 담아둘 수 없는데
성공은 꽃이요 행복은 뿌리라면서
예쁜 꽃에서 꿀 찾는 나비처럼
날지 않으면 떨어지기에 온몸으로 파닥대는데

태어날 때는 기뻐 웃는데 울면서 왔고
죽을 때는 슬퍼 울지만 웃으며 간다면
진정한 행복은 지금, 이 시간
나비는 삼십일, 날벌레는 하루
사람은 이만 구천이백 일
하나님이 주신 시간 동안
기쁨은 더하고 슬픔은 빼고 사랑은 곱하고 행복은 나누는
전자계산기 붉은 수치는 마음에 그려져 있다

그리움

먼 날 엄니 따라 오일장에 가면
힘깨나 쓰던 삼남 장사치들 자리싸움에 살풀이도 하고
젖가슴 내민 적삼 아줌마는 고무 신발 벗겨지고
멍석 삼태기 조롱박 바가지 만물상 널렸는데
능수버들 늘어진 노점에 성님, 잘 있나 아제 보소
엿장수 가위질에 각설이 춤추는데
오늘 아들 손 잡고 엄니 흔적 찾으러 희미해진 오일장에 가면
옛사람들 떠났지만 손때 묻은 옛 물건 가득한데
인터넷에 빠진 아들은 온통 핸드폰만 보고 있다

그림

허수아비가 지휘하는
누런 벼의 무용공연장
한여름 타오르던 저수지는 살아남아
쪽빛 바다보다 파란 하늘이 안겨
물방개는 높이뛰기 잠자리는 공중 낙하
밥 짓는 집에서 피어난 노을빛 연기
먼 나라에서 온 왕관을 쓴 별
성질 급한 별똥별이 세상 소식 전하고
서리로 쏟아진 별의 낙하
먼 산을 넘어온 태양이 다시 삼키는 대지

하늘과 땅이 그린 호당 억대 그림

아내여

흐드러진 풀꽃처럼
화장기 없는 민낯에
철 지난 몸 빼 바지도 잘 어울리는 여자
푸른 숲속에 바윗돌과 계곡물을 두드리는
투박한 항아리 같은 미끈한 여자
모르면 모른다며 작은 것에 만족하고
남의 행복에 신나 하며
가정이 전부인 여자

저녁 노을 지는 해를 보고 눈물짓고
비 오면 빗길을 눈 오면 눈길을
고단해도 불평 없이 함께 가는 여자
낮에는 햇빛 되고 밤에는 달빛 되며
슬프면 눈물 되고 더우면 그늘 되고
비 오는 날 기꺼이 우산이 되는 여자

비바람 그치고 찬란한 태양이 떠오르면
햇살보다 더 빛나는
세상에 하나뿐인 사랑하는 아내요

그리운 엄니

천장에 붙어 밤새운 꼬마연이
산 넘어 세상 꿈을 싣고
드넓은 들판에 걸려 빙글빙글 날아올랐다가
한눈팔면 어구 떨어져 낚아채네

그날은 먼 동네에서
우리 마을 천렵 온 꼬마 아이들과
논배미 얼음 위에 파란 하늘 싣고
자치기 뺑이 놀이 빙글빙글 돌고 돌아
썰매도 지쳐 물 둠벙에 빠뜨려
매운 모닥불에 얼은 나일론 양발이
군고구마 불 쑤시며 깔깔거렸네

이십 리길 오일장에서 오실 때는
눈깔사탕·호떡·검정고무신 사 오신다고
하얀 봇짐 남색치마 너울대며 고개 넘을 때
아이들 재잘거림이 저기로 달음질 되네

흩어진 어린 날은 빛바래 수채화로 남아
날마다 꿈속에서 꾸부러진 베적삼이
장바구니 봇짐에 나풀거리면
달과 별이 수놓아 하얀 밤에
딱 한 번 사무치는 울 엄니 꿈속에서 만나네

대전 현충원

보이나요
계룡산 산허리를 휘감은 파란 하늘 아래에
현충탑을 덮은 푸른 초목이
춤추고 있네요

들리나요
차가운 묘비 아래 당신도 따뜻했던
그날 심장의 고동이
초침처럼 흔들리고 있네요

숨쉬나요
내 나라 내 땅을 지키던 당신은
호국영령의 나비가 되어
꽃향기로 날아왔네요

만져봐요
이름 모를 산하에서
초연처럼 사라져간 전우의 살점이
푸른 솔의 잔가지로 흔들리네요

울어봐요
분단의 아픔에 죽어간
동포의 눈물이 이제는
폭우처럼 쏟아지네요

고요한 이 아침
대전 현충원을 적시는
이슬로 내려오신 당신은 누구신가요?

이 땅의 찢긴 아픔이
눈물처럼 내리는 비 오는 날에도
이름 모를 풀꽃은 피어나고
자유와 평화를 외치는 햇살 쏟아지면
어느 날엔 이 땅 온통 꽃밭 되리니
그래 칠십오 별과 서리 한 맺힌 절규
한민족 한겨레의 응어리진 가슴을
충혼의 바람으로 흩날리게 해주셔요

물의 노래

시냇물 흘러 어디로 가나
산과 들 굽이굽이 들풀 사이로
노란 꽃이 싱그런 봄바람에 날아가
세상 멀리 실려온 꽃향기

시냇물 흘러 어디로 가나
푸른 수평선에 갈매기 날고
부서지는 파도 소리 밀려오면
세상 멀리 그리운 사람

엄니

엄니는
그날도 오일장에 가셨는데

달걀 한 줄에 닭장이 닳고
비바람이 만든 참깨, 콩 보따리 이고
새벽처럼 잠든 나를 두고
이십 리 길 가셨는데

텅 빈 겨울 그날 밤 꿈속에는
썰매 지치다 얼음 시린 발에
따뜻한 털신 사달라 칭얼대
하얀 털신이 눈처럼 내린 새벽
엄니 눈썹 같은 그믐달도 떠났는데

아직도 안 돌아오셨는데

셋방살이

아이 학교 가깝고 정든 집인데
미국으로 이민 간 집 주인이 판다고
쥐꼬리 월급으론 어림없어
허름한 옆 동네로 쫓겨 가야지
전셋돈은 갑자기 두 배
엄니 단지 묻은 돈도 뺏고
금수저 친구에 자존심 주었다

이사 날 바퀴벌레와 개미가 허락 없이 먼저 살고 있어
너희들 돈 한 푼 안 내고 이럴 수 있냐고
버럭 소리 질렀지만 대꾸도 없고
자기들은 돈이나 계약은 모른다고
가고 싶으면 가고 살고 싶으면 사는
하늘 아래 어디든 집이라는데
벌레보다 못하다며 아내는 밤새 울었다

부끄럽다

비 온 날 들판에 서면
지렁이가 몇 날을 기어서 어깨 저민 강가에 숨어도
할퀴는 발톱 무는 이빨도 없고 쓰러뜨리는 독침도 없이
밟히면 산산이 부서져 남겨 주는 땅의 조물주
메마른 땅을 비옥하게 새들의 먹이 되어
생명이 끝나는 날까지 남에게 바치니
작은 벌레로 고단하게 살며 헌신을 아는 너는
위대한 땅의 창조자

푸른 지구는 지렁이를 기억하겠지

산이 좋아

산이 밤새 외로워
가끔 눈물 흘릴 때면
땅에 떨군 눈물은
세찬 폭포로 흐른다

산이 온통 푸르러
산새 노래 가득하면
아침 햇살이
속살에 고루 퍼진다

거기, 숲속의 꽃 잔치
봄, 여름, 가을, 겨울
천상의 식탁에는
날마다 손님을 기다린다

어디선가
노루 한 마리
저만치 뛰어오고
나그네 홀로
산마루 올라와 친구가 된다

근원도 없이 불어온 바람에
푸른 숲이 흔들리고
들꽃의 향기에
산이 춤춘다

산 그림자 내려오면
나그네는 다시 길을 가고
노루는 어디로 가는지 모르는데
꽃잎이 스러지면
나무는 고개를 숙이고
거기 숲이 잠든다

하나님은
하늘에 별을 심었는데
혼자 남은 산은
내일 오실 손님을
밤새워 기다리신다

4부

아내의 시

소녀의 기도

하얀 벽 속에 숨겨진 황금이니
만지면 터지는 하얀 달님이니
엄마 품 이불 펴고 잠들었니

하얀 벽 속에 숨어 무슨 꿈 꾸니
넓은 세상 나가는 고운 꿈이니
언젠가 노란 병아리 나는 꿈꾸니

너는 시냇물 따라 어디로 가니
굽이굽이 산과 들에 풀꽃 헤치니
노란 꽃 봄바람에 향기 퍼지니

저문 바닷가 갈매기가 노을에 안겨
부서지는 파도 소리에 화들짝 날아가니
먼 세상 고운 꿈이 젖어 온 거니

가을아

노란 가을이 살포시 내려앉은 들판에
허수아비 홀로 볏 머리 기대고
밤새 허기진 장끼 한 마리는 이삭 찾아 달리고
무더위 장마에도 용케 살아남은 저수지엔
쪽빛 바다보다 더 파란 하늘이 있는데
고추잠자리 포물선에 물방개는 뛰고
잉어 떼는 하얀 뱃살 드러내고 지친 연꽃은 잠드는데
무지갯빛 춤추는 하늘과 땅이
붉은 노을 사이로 떠나가고 있다

손님

대문 옆 외양간에는 밤이 깊어 구슬픈 어미 울음에
첫 송아지가 세상에 오신다고 온 동네가 새벽까지 불을 켜고
아궁이 여물통 뜨거운 김이 퍼지면
열 달 동안 숨어있던 네발이 땅을 밟는다

아기를 낳으면 입 걱정하던 그 옛날에
축산장려금을 받는 비싼 송아지가 세상에 오신 날은
어스름 안개를 걷어내며 아침햇살이 피어오르고
온 동네 노랫소리가 굴뚝 연기처럼 울려 퍼진다

누구냐

보름달이 환한 밤에 경찰 퇴직 앞둔 이 경감은
휘청대던 도시가 춤추는 골목길을 걷는데
패거리 아이들의 담배 연기가 가득하다

깊은 밤에 잠들지 않고
필름 끊긴 주정뱅이 살펴주며
길 없는 아이들의 엄마 노릇 사십여 년

달빛 창가에서 당신이 편히 잠들 때
세상이 토해내는 오물을 치우며
자신의 눈물은 감추고
아픈 사람들의 눈물을 닦아주는 그 사람이다

아내의 시

언젠가 달빛이 창가에 가득한 밤
여보, 시집 낸다는 소식 들었는데
시 제목은 「달빛, 세상을 비추다」로
달빛처럼 어두운 밤을 따뜻하게 비추는 달빛이
당신이 꿈꾸는 경찰이라네
시 쓴다고 안 했기에 어찌 아나 물으니
내가 모르는 것이 많단다
날마다 한 이불 덮는 부부로 살면서
가슴 저며 뒤척였는데
아내가 열 살 때 쓴 「달걀」이라는 시라는데
들은 대로 외워버렸네
"하얀 벽 속에 감춰진 노란 금덩이
만지면 터질 것 같은 황금아
문을 꼭꼭 닫고 무슨 생각 하나
아마도 바깥세상 고운 꿈 꾸겠지"
아이 때 저리 고운 시심 있었나
당신은 나를 몰라 관심 없잖아 가슴 저미고
퍼붓고 싶었던 삭정이를 긴 세월 묻어온

내가 모르던 여기 사랑할 아내요

변사체

일요일 오후 형사 당직실
김 형사 곤한 잠을 깨우는 이십 년 된 전화 다이얼
어느 산골짜기 등산로 옆 나무에 사람이 달려
어디선가 날아든 새 떼들이 덮어 두 달은 지나
입은 벌려 하늘로 구두는 땅에 벗겨져
개미처럼 많은 사연이 쉼 없이 퍼 날라지는
죽은 삭정이 등걸에 허리띠 묶어
두 팔 벌려 축 처진 오동잎
처음 빈 몸으로 왔지만
떠날 때는 날아가는 새 떼에게 외로움을 나누는
주인 없는 어느 변사체

밥상

빛바랜 공주 산성시장 어귀에
하얀 진물 흐르는 할멈은
눈비 오나 무더위에도 머문 자리 떠난 적 없이
달래, 씀바귀, 냉이를 시든 허리춤에 엮어 왔건만
햇빛 지글대는 매연에 말라가고 할멈의 콜록대는 가래침이
순찰하던 경상도 아재 김 경사에 뿌려져
할매 많이 팔았어요 다 말라 뿌렸네
코로나로 사람도 없고, 장사 안돼, 산 입에 거미줄이야
떨이 얼만교, 만 원만 달라는데
출근 아침에 마누라는 시든 푸성귀 사지 말라고
대형마트 싱싱하게 어른대지만
늙은 소 같은 할매의 간절한 눈빛을 사야지
내일 또 온종일 폭염에서 고단하실 엄니의
아침 밥상을 미리 차려드려야지

언제까지

쉼 없는 밀링 선반 사이로
피부 다른 이방인 손놀림이 흔들리다
불춤을 추던 공장이 잠들고
이방인의 옥탑방에서 한 모금 담배 연기
자유로운 포물선으로 편지 보내면
하트모양 사랑한다 날아가고
덕지덕지 붙여진 이역만리 가족사진이 웃는데

그 먼 날 이 땅의 젊은이들
서독막장 광부, 시신 닦는 간호사, 사막의 노동자로
밤마다 좁은 방에서 숨죽이며 부르던
그날의 고향의 봄 노래 들려오는데
새벽을 기다리는 이방인의 붉은 눈물에 비친
멋진 양복에 폼나는 책상에 앉은 우리는
언제까지 이럴 수 있을까?
아기 울음 줄어들고 늙어가는 불편한 진실을
언제까지 못 본 체 할까?

베트남 새댁

맨발로 자란 어린 날이 애처로워
동방의 고요한 나라에 시집온 새댁은
동네 아줌마의 조롱과 험담
시댁의 잦은 폭행과 멸시에도
외양간의 소처럼 새벽같이 일했다

사람들은 중간이라며 멀리하지만
내 가슴에는 한국 사랑 가득하다
오늘도 남쪽 호찌민으로 가는 비행기에서 보이도록
"내 사랑 코리아"
시린 입김을 모아 둥그렇게 그려본다

봄

길은 멀고
바람 불고
해는 지고
달은 뜨고
꽃은 피고
꽃은 지고

먼 길도 저마다 길이 있어
봄이 손짓하면 보이는 곳에 있고
이유 없는 슬픔도 사랑도
찬란한 봄빛에 잠겨
봄비로 내린 눈물은 무지개로 피어나고
잠에서 깨어난 산이 호수에 내려오니
푸른 숲에 날아다니는 새들의 합창
빛나는 꽃잔치에 초대받은
천지에 가득한 봄 향기
봄이다.

귀향

추운 이국땅에서 고향 노래 부르다가
흑백의 건반 위에서 춤추다 쓰러지며
음악에 울부짖던 어린 날의 종착지를
바람이 머무는 이곳에서 찾았으니
이제 돌아와 흙에서 들려오는
섬김의 메아리를 듣습니다

하늘과 마주한 산자락에서
금강 따라 피어나는 안개 그 구름 위에 앉아서
슬퍼지면 달을 보고 외로우면 별을 세고
추워지면 햇빛 받고 무서우면 강을 보면서
차츰 바람도 운다는 것을 압니다

봄이면 온 풀꽃이 춤추고
한여름 푸름에 지쳐 스러지면
뒤뜰 낙엽은 겨울을 덮는데
산 그림자 길게 드리운 밤이 되면
반짝이는 별들이 쏟아진 것이
내 조용한 울음인 것을 압니다

바람도 쉬어가며 속삭이는 말
내 가난한 귀향이 행복입니다

호수

푸른 나무 춤을 추고
먹구름이 어둠처럼 몰려오던 날
천둥처럼 쏟아지던 비가 달려왔지요

금강이 흐르다 이곳에 머물고
하늘은 흰 구름보다 더 높이 날던 날
내 그림자는 물속에 온종일 흔들렸지요

별이 쏟아진 물 위에
고단한 발 담그며 달을 보던 날
흐르던 세월 서러워 밤새워 울었어요

고단한 사람들은 대청호 둘레길로 걸어오는데
바람은 물소리에 숨어버리고 세상이 잠든 날
반짝이는 물의 궁전 날마다 여기 물가에서
충청의 빛나는 아침을 기다렸지요

할미꽃

할미꽃이 봄을 알리는데
살랑대는 수염이 예뻐
할범꽃이라 해야 하는데
등허리가 굽어서 할미꽃은
온종일 구부려 일하시던 엄니다

비 오는 날에는 눈물 흘리는데
해가 뜨면 차마 보지 못하고
고운 얼굴을 땅 아래 그림자에 숨긴다

먼 옛날 파란 하늘 보고 싶다던
엄니 말소리가 들리는 듯한데
잠시 앉았던 나비가 멀리 날아가
엄니 계신 세상으로 날아가는지 허공을 보니
세상 애기 궁금한 잎이 귀를 열고 살랑인다

할범을 기다리던 할미는
하얀 눈 소식을 듣지 못하고 풀숲에 쓰러졌는데
시리도록 슬픈 얘기를 봉우리에 감싸 안고
엄니 무덤가에 오래도록 서 있다

노인 보호구역

첫아기처럼 울면서 나와
바람 불면 하늘 향해 푸른 깃발 흔들고
천둥에 떨고 번개에 눈멀고
장대비 내리면 눈물로 젖다가도
밝은 햇살에는 활짝 웃고
한여름 무더운 외로움을 인내한 열매는
땅 위에 떨어져 언 땅 녹이는 이불이 되며
다시 찾아올 봄을 기다렸다

늙는다는 것은 하늘과 땅에 가깝게 가는 길
노인이 많아 노인 보호구역이라고 표시하였지만
어둑한 석양의 고단한 저녁에
눈이 어두운 노인은 불빛 요란한 실버존을
힘겹게 걷고 있다

달빛

파란 하늘이 대전천에 내려오면
흰 구름은 흘러가고
뜨거운 햇살 스러지면
계룡산 우산봉이 내려온다

바람 부는 세상은 온통 시끄러워
먹구름이 내려온 유성 거리가 빗물로 가득하고
하늘과 땅이 어둠에 묻혀도
너는 봄바람 가을 서리처럼
오직 푸르게 살았다

빌딩 숲 거친 골목에
아파하는 사람들의 상처를
맨몸으로 싸매주는 너는
산처럼 우뚝 서서 눈물을 흘렸다

하얗게 뜬 달
잠든 이웃들을 밤새워 지키는 따뜻한 달빛
대전의 달빛 되어 온밤을 밝히는
그대 이름은 경찰이다

고독

한밭수목원에는 비둘기 떼가
사람 사이로 몰려드는데
무심한 사람들은 종종걸음만 남기고
온종일 풀씨를 쫓다가 지친 새들은
흰머리 할멈이 오시면
어미 새 따라 구구대며 둥그렇게 모여든다

멀리서 봇짐처럼 지고 온 고운 곡식을
할멈은 아낌없이 새들에게 뿌리시고
엄니 따르는 어린 새들이 재롱 잔치를 벌이며
퍼덕대는 화음에 온종일 공원이 춤춘다

산 그림자가 어둠처럼 내려와
새들이 둥지 찾아 날아가 버리면
축 처진 할멈의 눈가에는 이슬이 내리시고
오늘 밤도 고단한 걸음으로
허물어진 빈집 문을 여신다

빈집

산들이 합창하는 골짜기엔 실개천 흐르고
하늘 향한 언덕마루에 천년의 마을이 있다

재 너머 개동이 여울내 순이도
달구지에 세간 싣고 도시로 떠나고
한가한 할망구들 마실 가는 빨래터
그 옆에 고부랑 할아범이
담벼락에 기대어 햇살 받는다

동구 밖 장승이 꽈리 튼 만장엔
이 마을 전설이 볏 가리로 세워졌고
어디선가 들개 떼 짖어 댈 때
텅 빈 지붕마다 주인 없는 호롱박이 매달린다

구부정한 노인네들 멀리 동구 밖
사람 기척에 놀라 쳐다본다

은교(銀交)

구부정한 노인 부부가 단풍나무 아래
얼룩진 벤치에서 늦은 점심
붉은 단풍보다 빨간 떡볶이를 서로에게 내밀며
반짝이는 웃음이 햇살 속에 빛난다

파란 하늘이 앉은 할범의 눈망울엔
하얀 머리칼 할멈이 잠기고
살랑대는 가을바람은 챙 넓은 모자를 두드리고
어디선가 비둘기 떼는
흩어진 부스러기에 파닥이다
등걸을 넘어 무릎에도 춤춘다

붉은 해가 서산마루에 묶여
산 그림자가 가야 할 길을 재촉하지만
두 사람은 말없이
가을이 남긴 낙엽과 새 떼를 보기만 한다

온종일 서로를 바라볼 뿐이었다

그냥

아기 손이 고사리보다 여리다
왜, 그냥

아기 얼굴이 꽃보다 예쁘다
왜, 그냥

엄마 손이 수세미보다 거칠다
왜, 날마다 설거지 때문이다

엄마 얼굴에 버짐이 피었다
왜, 날마다 아들 걱정 때문이다

나는 날마다 거울에 묻는다
왜, 얼굴에 주름이 생기냐고

거울은 말을 못 하고 늙으신 엄니가 대신 말한다
빨리 죽어야지, 늙으면 죽어야 해

어리둥절

서랍에서 발견한 이십 년 된 플로피 디스크
표지에는 아들이 이천 년 초등학교 일기
책장보다 긴 흑백의 컴퓨터에 저장하여
십 평방 센티 플로피 디스크에 담아 놓았는데
읽을 수 없네

단골 컴퓨터 가게는
컴퓨터박물관을 찾아보라는데
귀한 일기를 버려야 하나
버리지 못한 플로피 디스크가
여기저기서 고개를 들고 인사를 하네

지금

따뜻한 봄볕이 창가에 쏟아진 날
커피나무에 핑크빛 열매는 빛나는 햇살
분수처럼 퍼지는 무지개 커피 향이 입술을 적시면
눈부신 하루가 행복

은은한 커피향 창가에 쏟아진 날
처음에는 너무 뜨거워서 못 마시고
나중에는 너무 식어버려 못 마시고
지금 이 순간 따뜻하고 향기로운
커피 한 잔이 행복

곶감

주홍빛 감이 빨간 껍질은 벗겨지고
부끄러운 속살이 드러난 채
천형처럼 처마 아래 줄줄이 달렸다

오와 열 지어 벌서듯이 매달려
마지막 남은 물기가 다 말라
벌거벗은 몸에 새 옷을 입을 때까지
말없이 견뎌야 했다

차가운 바람이 문창을 때리면
먹거리가 귀한 그 시절엔
바이러스를 이긴 명약의 겨울 곶감이
엄마의 손에 들리곤 했다

꿈속에서도 고운 엄니가
오랫동안 매달아 말린 하얀 곶감이
달콤하게 환청처럼 맴돈다

"곶감 먹어야 고뿔 이긴다"

고향

별빛 아래 달빛처럼 잠들었던
고요한 공주에 꽃잔치 벌어져
뜰 앞 실개천에 물안개 피고
앞산 푸른 솔이 바람길 열면
우뚝 솟은 저택 위에 빛나는 햇살이
고단했던 손님을 맞이하는데
온 동네에 은은한 종소리 울려 퍼지네

사랑해

세월호 갇힌 격벽에서
차오르는 바닷물에 마지막 문자
작은 소녀가 엄니에게
사랑해
잘못한 것 다 용서해

대구 지하철 가득한 유독가스
차오르는 불길에 마지막 문자
출근하는 아버지가 딸에게
사랑해
아직 할 말이 남았어

가슴속에 숨겼던 뜨거운 말
가을이다. 부디 사랑하자

너도 기쁘지

첫 송아지 세상에 나온 날은
사랑채 대문 옆의 외양간에 어미 암소 울음 구슬프고
열 달 동안 잠긴 눈을 열고 아기처럼 머리 내밀어
아침밥 연기가 짙은 안개로 높이 날아 온 마을이 춤추는데
새벽 들판에서 무거운 밭일하는 아빠 황소가
음메 음메 워낭소리에 네 발맞춰 달려가면
쟁기에 갈라지는 밭의 속살에 푸른 아지랑이 피고
빛나는 햇살이 내려와 앉는다

순국 공주 경찰 혼이여

보아요
바람에 춤을 추는 푸른 소나무는
님들이 이곳에 뿌리신 구국 충정

들어요
햇살에 빛나는 풀꽃 노래는
님들이 이곳에 바치신 애국 헌신

만져요
경찰혼 시민공원에 새겨진 비문은
님들이 이곳에 남기신 추모의 다짐

77년 인고의 세월을 시민과 함께한 공주 경찰
비단강 변 고마나루 멋진 신청사에서
갈수록 사무치는 님들의 고귀한 뜻을
날마다 돌아봅니다

호국은 우리의 의무 치안은 우리의 사명
님들의 충혼을
이곳을 거쳐가는 모든 사람과 추모합니다

순국, 순직 영령이시여
영원히 저희와 함께 이곳을 지켜 주소서

맑은 바람

오늘처럼 무더운 날에도
푸름이 짙어진 나무 그늘에 앉아
나뭇잎 사이로 반짝이는 햇살처럼
하늘에서 내려와 알알이 박힌 청포도처럼
푸른 생명의 노래 들려준다

바람 부는 세상에 우뚝 서서
세상 사람 고단한 이야기에 아파하며
추운 사람 가슴 시린 이야기도 따뜻하게
산과 들이 함께 춤추는
푸른 나무의 노래 들려준다

기쁨도 눈물이고 눈물도 기쁨이기에
삶의 현장 가보지 못한 모퉁이까지
다른 사람의 눈물을 닦아주며
한 방울 눈물도 같이 흘리며
함께 기뻐하는 노래 들려준다

계룡산이 잠든 비단강에 어린
충절의 충청 푸른 이야기를
넝쿨처럼 얽힌 갈등은 풀어내고
세월이 영근 천년 나무처럼
영원히 행복한 노래 들려준다.

정한수

계룡산 갑사 길 따라
드넓은 호숫가 아늑한 보금자리
라일락 향기보다 짙은 사람 향기 머물고
해 뜨면 산을 보고, 해 지면 물에 누워
바람 따라 날아온 산새라도 손 흔들어 인사하고
여기 동네 행복 쉼터에 오랜 벗님으로 반기며
살아온 날, 살아갈 꿈 가득 채워
길이 끝나는 곳에서 처음을 만들듯이
한 번 보면 또 보고 싶은 인연 만들어
여기 고요한 호수의 달빛처럼
따뜻하게 지켜 주소서

하나뿐인 너

너무 무거워 한평생 고단한 세상에도
서로의 깃털을 쪼아주며 떼 지어 날아가는
참새 같은 너

정해진 각본처럼 걸림돌 가득한 세상에도
하늘과 땅 사이 어디든지 흩어져 내려앉는
먼지 같은 너

부끄러운 유혹에 흔들리지 않고
강요된 침묵에는 더 크게 말하며
잘난 세상에도 한 번도 자랑 없는 너

더러운 세상이라고 하얀 옷만 입고
차별과 모욕에 질그릇처럼 깨지면서도
춥고 낮은 곳에서 기도하는 너

오늘은 기어이 찾아가 문 열면
흐드러진 꽃밭에서 빙긋이 웃어주는
이 세상에서 오직 하나뿐인 너

공산성 연가

젊은 남녀가 공산성 마루에서
알밤이 잠든 오곡밥을 먹는 날
춤추는 나뭇잎이 햇살처럼 빛났고
벌과 나비는 꽃향에 안기고
산새는 산이 좋다 속삭이고
개미는 밥을 이고 지렁이는 나르고
백제 왕궁 잔치 소식을 알리던 바람은
오늘 잔치가 끝났다고 돌아가라 재촉하고
산 그림자가 만든 노을은 강물에 빠지고
이제
성안마을 성곽 따라 빈집으로 가라 하네

중년 부부는
해 뜨면 빈집에서 일어나
생명이 파닥대는 공산성에서
가을이 잠든 금강처럼
늙은 부부로 흘러가다가
해지면 다시 빈집으로 돌아가려네

라떼 커피

아들 또래 직원 모여
삼십 년 경찰 무용담으로 아침 회의 하는데
말에 취한 듯 횡설수설 높아진 목소리는
풍선에 바람 빠지듯 황량한 바람으로 날아가
칸막이에 부딪혀 메아리로 돌아오고
가슴 삭정이에 불붙어 머리에서 김이 나는데도
애들 생기 없는 두 눈은 핸드폰에 내려앉아
보이지 않는 채팅에 빠져서
빨리 끝내지 뭔 잔소리냐고 머리를 처박고
아무도 고개를 들지 않는다

식은 라떼 커피를 마시며
나 때는 말이야
듣는 척 하는 척은 했다고
혼자만 들리는 작은 옹알이로 회의 끝냈다

백합 조개탕

하얀 거품이 몽실대는
겨울 별미라는 백합조개탕을 먹으려니
차가운 바닷물에 뛰어들던 엄니가 그리워

조개 바지락 광주리를 머리에 이고
한 푼이라도 더 벌려고 새벽 경매시장으로 내달리다
얼어버린 돌부리에 넘어지고 아우성치는 인파 속에 깔리고
거친 껍질 속에 깡마른 짠 눈물로 씹히더니

엄니는
새벽같이 내달렸던 삶의 끝자락에
온 세월 터져버린 육신의 물기가 다 버려진 날
겨울밤 하얀 꽃송이는 함박눈으로 내렸고
당신의 텅 빈 손마디를 떠나지 못한
한 송이 하얀 백합꽃이 피어났어요

그리운 엄니

심은석 지음

발행처   도서출판 청어
발행인   이영철
영업   이동호
홍보   천성래
기획   육재섭
편집   이설빈
디자인   이수빈 | 김영은
제작이사 공병한
인쇄   두리터

등록   1999년 5월 3일
           (제321-3210000251001999000063호)

1판 1쇄 발행 2024년 12월 5일

주소   서울특별시 서초구 남부순환로 364길 8-15 동일빌딩 2층
대표전화 02-586-0477
팩시밀리 0303-0942-0478
홈페이지 www.chungeobook.com
E-mail   ppi20@hanmail.net

ISBN   979-11-6855-112-1 (03810)